The Adventures of

by Madeline Hale

Ismarus Publishing
ISBN-10: 0692092234
ISBN-13: 978-0692092231

Table of Contents

Foreword

One of the joys of tabletop RPGs is simply sitting back with your friends and reminiscing about the good old days - the adventures you have shared, the dangers you have faced and the rewards you have reaped together. However, many campaigns span a great length of time and it can become burdensome to remember the finer details of your adventures.

In this journal, you will find everything you need to document 52 adventures, allowing for weekly groups to record their campaigns over the course of a year.

I hope you find it useful in your travels.

Prologue

-Campaign Title-

-Date Started-

-Time Started-

-Primary Game Master-

-Players-

-Setting-

-World Name-

-Description-

-World Map-

-Towns and Cities-

-Town Name- -Leader-

-Location-

-Notes-

-Town Name- -Leader-

-Location-

-Notes-

-Town Name- -Leader-

-Location-

-Notes-

-Towns and Cities-

-Town Name- -Leader-

-Location-

-Notes-

-Town Name- -Leader-

-Location-

-Notes-

-Town Name- -Leader-

-Location-

-Notes-

-Towns and Cities-

-Town Name- -Leader-

-Location-

-Notes-

-Town Name- -Leader-

-Location-

-Notes-

-Town Name- -Leader-

-Location-

-Notes-

-Towns and Cities-

-Town Name- -Leader-

-Location-

-Notes-

-Town Name- -Leader-

-Location-

-Notes-

-Town Name- -Leader-

-Location-

-Notes-

-Notable Locations-

-Description:

-Location-

-Notes-

-Description:

-Location-

-Notes-

-Description:

-Location-

-Notes-

-Notable Locations-

-Description:

-Location-

-Notes-

-Description:

-Location-

-Notes-

-Description:

-Location-

-Notes-

-Notable Locations-

-Description:

-Location-

-Notes-

-Description:

-Location-

-Notes-

-Description:

-Location-

-Notes-

-Notable Locations-

-Description:

-Location-

-Notes-

-Description:

-Location-

-Notes-

-Description:

-Location-

-Notes-

-Notable Locations-

-Description:

-Location-

-Notes-

-Description:

-Location-

-Notes-

-Description:

-Location-

-Notes-

-Notes-

-Notes-

Chapter One
-
Characters

-Player Character-

-Player Name-

Nora Skanum

-Character Name-

Half-Orc

-Race-

Rogue

-Class-

32

-Age-

-Description-

-Portrait-

-Backstory-

-Goal-

-Notes-

-Player Character-

-Player Name-

Anders

-Character Name-

-Race-	-Class-	-Age-

-Description-

-Portrait-

-Backstory-

-Goal-

-Notes-

-Player Character-

-Player Name-

Limb

-Character Name-

-Race-

-Class-

-Age-

-Description-

-Portrait-

-Backstory-

-Goal-

-Notes-

-Player Character-

-Player Name-

-Character Name-

-Race- -Class- -Age-

-Description-

-Portrait-

-Backstory-

-Goal-

-Notes-

-Player Character-

-Player Name-

-Character Name-

-Race- -Class- -Age-

-Description-

-Portrait-

-Backstory-

-Goal-

-Notes-

-Player Character-

-Player Name-

-Character Name-

-Race- -Class- -Age-

-Description-

-Portrait-

-Backstory-

-Goal-

-Notes-

-Player Character-

-Player Name-

-Character Name-

-Race- -Class- -Age-

-Description-

-Portrait-

-Backstory-

-Goal-

-Notes-

-Player Character-

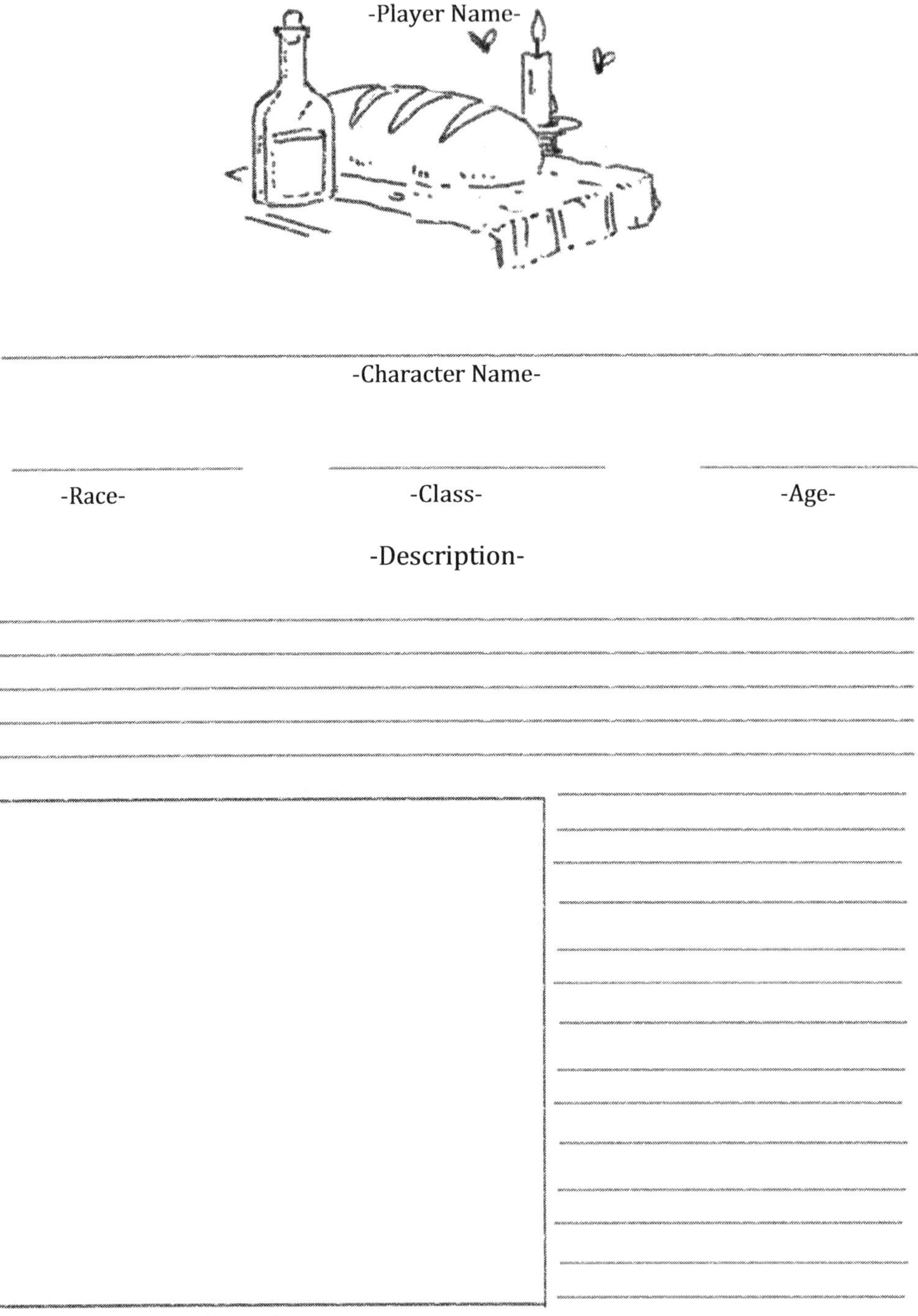

-Player Name-

-Character Name-

-Race- -Class- -Age-

-Description-

-Portrait-

-Backstory-

-Goal-

-Notes-

-Player Character-

-Player Name-

-Character Name-

-Race-

-Class-

-Age-

-Description-

-Portrait-

-Backstory-

-Goal-

-Notes-

-Player Character-

-Player Name-

-Character Name-

-Race-	-Class-	-Age-

-Description-

-Portrait-

-Backstory-

-Goal-

-Notes-

-Major NPCs-

-Name- -Race- -Class-

-Description-

-Name- -Race- -Class-

-Description-

-Name- -Race- -Class-

-Description-

-Major NPCs-

-Name- -Race- -Class-

-Description-

-Name- -Race- -Class-

-Description-

-Name- -Race- -Class-

-Description-

-Major NPCs-

-Name- -Race- -Class-

-Description-

-Name- -Race- -Class-

-Description-

-Name- -Race- -Class-

-Description-

-Major NPCs-

-Name- -Race- -Class-

-Description-

-Name- -Race- -Class-

-Description-

-Name- -Race- -Class-

-Description-

-Minor NPCs-

-Name-	-Description-

-Name-	-Description-

-Name-	-Description-

-Name-	-Description-

-Name-	-Description-

-Minor NPCs-

-Name- -Description-

-Name- -Description-

-Name- -Description-

-Name- -Description-

-Name- -Description-

-Minor NPCs-

-Name-	-Description-

-Name-	-Description-

-Name-	-Description-

-Name-	-Description-

-Name-	-Description-

-Minor NPCs-

-Name- -Description-

-Name- -Description-

-Name- -Description-

-Name- -Description-

-Name- -Description-

-Minor NPCs-

-Name-	-Description-

-Name-	-Description-

-Name-	-Description-

-Name-	-Description-

-Name-	-Description-

Chapter Two
-
Note Keeping

-Critical Log-

-Date-	-Player-	-Description-

-Date-	-Player-	-Description-

-Date-	-Player-	-Description-

-Date-	-Player-	-Description-

-Date-	-Player-	-Description-

-Date-	-Player-	-Description-

-Date-	-Player-	-Description-

-Date-	-Player-	-Description-

 -Critical Log- 

-Date-	-Player-	-Description-

-Date-	-Player-	-Description-

-Date-	-Player-	-Description-

-Date-	-Player-	-Description-

-Date-	-Player-	-Description-

-Date-	-Player-	-Description-

-Date-	-Player-	-Description-

-Date-	-Player-	-Description-

-Date-	-Player-	-Description-

-Date-	-Player-	-Description-

 -Critical Log- 

-Date-	-Player-	-Description-

-Date-	-Player-	-Description-

-Date-	-Player-	-Description-

-Date-	-Player-	-Description-

-Date-	-Player-	-Description-

-Date-	-Player-	-Description-

-Date-	-Player-	-Description-

-Date-	-Player-	-Description-

-Date-	-Player-	-Description-

-Date-	-Player-	-Description-

 -Critical Log- 

-Date-	-Player-	-Description-

-Date-	-Player-	-Description-

-Date-	-Player-	-Description-

-Date-	-Player-	-Description-

-Date-	-Player-	-Description-

-Date-	-Player-	-Description-

-Date-	-Player-	-Description-

-Date-	-Player-	-Description-

-Date-	-Player-	-Description-

-Date-	-Player-	-Description-

 -Critical Log- 

-Date-	-Player-	-Description-

-Date-	-Player-	-Description-

-Date-	-Player-	-Description-

-Date-	-Player-	-Description-

-Date-	-Player-	-Description-

-Date-	-Player-	-Description-

-Date-	-Player-	-Description-

-Date-	-Player-	-Description-

-Date-	-Player-	-Description-

-Date-	-Player-	-Description-

-Characters Dropped to 0 HP-

-Date- -Character-

-Cause-

-Date- -Character-

-Cause-

-Date- -Character-

-Cause-

-Date- -Character-

-Cause-

-Date- -Character-

-Cause-

-Characters Dropped to 0 HP-

-Date- -Character-

-Cause-

-Date- -Character-

-Cause-

-Date- -Character-

-Cause-

-Date- -Character-

-Cause-

-Date- -Character-

-Cause-

-Date- -Character-

-Cause-

-Characters Dropped to 0 HP -

-Date-	-Character-
-Cause-	

-Date-	-Character-
-Cause-	

-Date-	-Character-
-Cause-	

-Date-	-Character-
-Cause-	

-Date-	-Character-
-Cause-	

-Date-	-Character-
-Cause-	

-Characters Dropped to 0 HP-

-Date- -Character-

-Cause-

-Date- -Character-

-Cause-

-Date- -Character-

-Cause-

-Date- -Character-

-Cause-

-Date- -Character-

-Cause-

-Date- -Character-

-Cause-

-Notes-

-Notes-

-Notes-

Chapter Three
-
Adventures

-Adventure Title-

-Date-

-Time Started-

-Time Ended-

-Character Level-

-Playing Location-

-Special Notes-

-Plot-

-Coolest Moments-

-Reward-

-Notes-

-XP Earned-

-MVP-

-Adventure Title-

-Date-

-Time Started-

-Time Ended-

-Character Level-

-Playing Location-

-Special Notes-

-Plot-

-Coolest Moments-

-Reward-

-Notes-

-XP Earned-

-MVP-

-Adventure Title-

-Date-

-Time Started-

-Time Ended-

-Character Level-

-Playing Location-

-Special Notes-

-Plot-

-Coolest Moments-

-Reward-

-Notes-

-XP Earned-

-MVP-

-Adventure Title-

-Date-

-Time Started-

-Time Ended-

-Character Level-

-Playing Location-

-Special Notes-

-Plot-

-Coolest Moments-

-Reward-

-Notes-

-XP Earned-

-MVP-

-Adventure Title-

-Date-

-Time Started-

-Time Ended-

-Character Level-

-Playing Location-

-Special Notes-

-Plot-

-Coolest Moments-

-Reward-

-Notes-

-XP Earned-

-MVP-

-Adventure Title-

-Date- -Time Started- -Time Ended-

-Character Level-

-Playing Location-

-Special Notes-

-Plot-

-Coolest Moments-

-Reward-

-Notes-

-XP Earned-

-MVP-

-Adventure Title-

-Date-

-Time Started-

-Time Ended-

-Character Level-

-Playing Location-

-Special Notes-

-Plot-

-Coolest Moments-

-Reward-

-Notes-

-XP Earned-

-MVP-

-Adventure Title-

-Date-

-Time Started-

-Time Ended-

-Character Level-

-Playing Location-

-Special Notes-

-Plot-

-Coolest Moments-

-Reward-

-Notes-

-XP Earned-

-MVP-

-Adventure Title-

-Date-

-Time Started-

-Time Ended-

-Character Level-

-Playing Location-

-Special Notes-

-Plot-

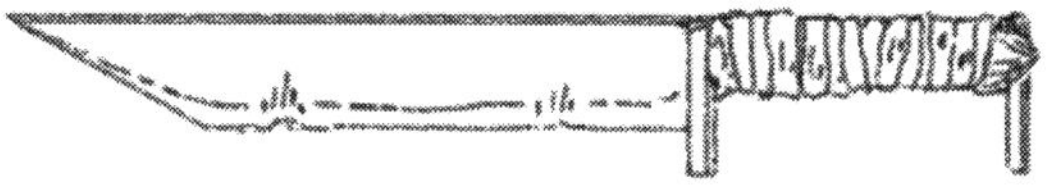

-Coolest Moments-

-Reward-

-Notes-

-XP Earned-

-MVP-

-Adventure Title-

-Date-

-Time Started-

-Time Ended-

-Character Level-

-Playing Location-

-Special Notes-

-Plot-

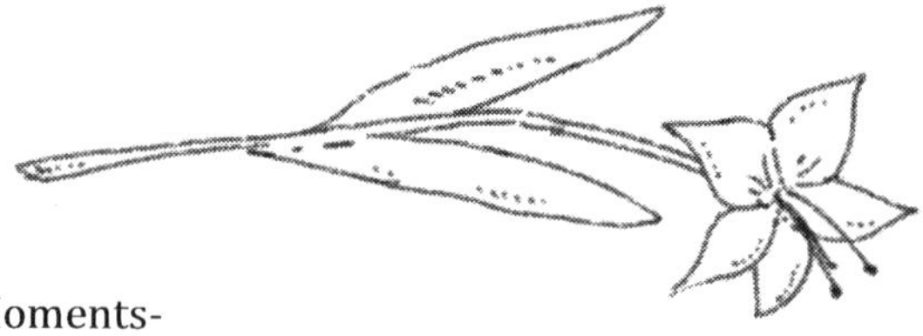

-Coolest Moments-

-Reward-

-Notes-

-XP Earned-

-MVP-

-Adventure Title-

-Date- -Time Started- -Time Ended-

-Character Level-

-Playing Location-

-Special Notes-

-Plot-

-Coolest Moments-

-Reward-

-Notes-

-XP Earned-

-MVP-

-Adventure Title-

-Date-

-Time Started-

-Time Ended-

-Character Level-

-Playing Location-

-Special Notes-

-Plot-

-Coolest Moments-

-Reward-

-Notes-

-XP Earned-

-MVP-

-Adventure Title-

-Date-

-Time Started-

-Time Ended-

-Character Level-

-Playing Location-

-Special Notes-

-Plot-

-Coolest Moments-

-Reward-

-Notes-

-XP Earned-

-MVP-

-Adventure Title-

-Date-

-Time Started-

-Time Ended-

-Character Level-

-Playing Location-

-Special Notes-

-Plot-

-Coolest Moments-

-Reward-

-Notes-

-XP Earned-

-MVP-

-Adventure Title-

-Date- -Time Started- -Time Ended-

-Character Level-

-Playing Location-

-Special Notes-

-Plot-

-Coolest Moments-

-Reward-

-Notes-

-XP Earned-

-MVP-

-Adventure Title-

-Date-

-Time Started-

-Time Ended-

-Character Level-

-Playing Location-

-Special Notes-

-Plot-

-Coolest Moments-

-Reward-

-Notes-

-XP Earned-

-MVP-

-Adventure Title-

-Date-

-Time Started-

-Time Ended-

-Character Level-

-Playing Location-

-Special Notes-

-Plot-

-Coolest Moments-

-Reward-

-Notes-

-XP Earned-

-MVP-

-Adventure Title-

-Date- | -Time Started- | -Time Ended-

-Character Level-

-Playing Location-

-Special Notes-

-Plot-

-Coolest Moments-

-Reward-

-Notes-

-XP Earned-

-MVP-

-Adventure Title-

-Date-

-Time Started-

-Time Ended-

-Character Level-

-Playing Location-

-Special Notes-

-Plot-

-Coolest Moments-

-Reward-

-Notes-

-XP Earned-

-MVP-

-Adventure Title-

-Date-

-Time Started-

-Time Ended-

-Character Level-

-Playing Location-

-Special Notes-

-Plot-

-Coolest Moments-

-Reward-

-Notes-

-XP Earned-

-MVP-

-Adventure Title-

-Date-

-Time Started-

-Time Ended-

-Character Level-

-Playing Location-

-Special Notes-

-Plot-

-Coolest Moments-

-Reward-

-Notes-

-XP Earned-

-MVP-

-Adventure Title-

-Date-

-Time Started-

-Time Ended-

-Character Level-

-Playing Location-

-Special Notes-

-Plot-

-Coolest Moments-

-Reward-

-Notes-

-XP Earned-

-MVP-

-Adventure Title-

-Date-

-Time Started-

-Time Ended-

-Character Level-

-Playing Location-

-Special Notes-

-Plot-

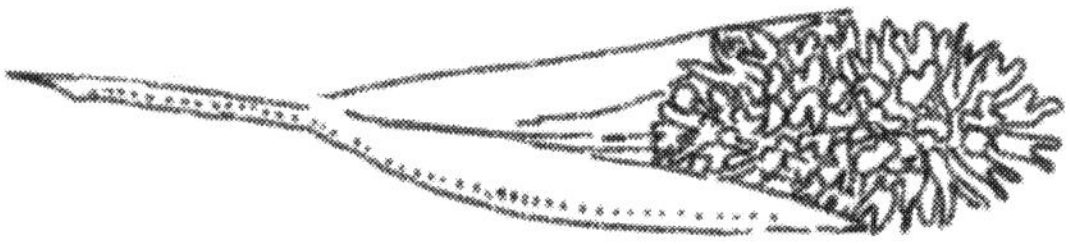

-Coolest Moments-

-Reward-

-Notes-

-XP Earned-

-MVP-

-Adventure Title-

-Date-

-Time Started-

-Time Ended-

-Character Level-

-Playing Location-

-Special Notes-

-Plot-

-Coolest Moments-

-Reward-

-Notes-

-XP Earned-

-MVP-

-Adventure Title-

-Date-

-Time Started-

-Time Ended-

-Character Level-

-Playing Location-

-Special Notes-

-Plot-

-Coolest Moments-

-Reward-

-Notes-

-XP Earned-

-MVP-

-Adventure Title-

-Date- -Time Started- -Time Ended-

-Character Level-

-Playing Location-

-Special Notes-

-Plot-

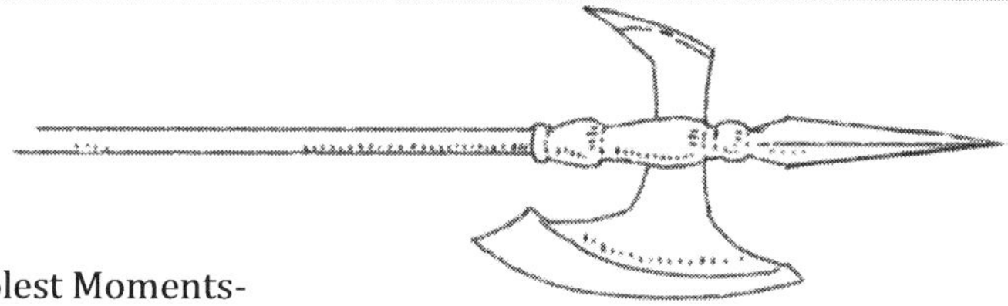

-Coolest Moments-

-Reward-

-Notes-

-XP Earned-

-MVP-

-Adventure Title-

-Date-

-Time Started-

-Time Ended-

-Character Level-

-Playing Location-

-Special Notes-

-Plot-

-Coolest Moments-

-Reward-

-Notes-

-XP Earned-

-MVP-

-Adventure Title-

-Date- -Time Started- -Time Ended-

-Character Level-

-Playing Location-

-Special Notes-

-Plot-

-Coolest Moments-

-Reward-

-Notes-

-XP Earned-

-MVP-

-Adventure Title-

-Date-

-Time Started-

-Time Ended-

-Character Level-

-Playing Location-

-Special Notes-

-Plot-

-Coolest Moments-

-Reward-

-Notes-

-XP Earned-

-MVP-

-Adventure Title-

-Date- -Time Started- -Time Ended-

-Character Level-

-Playing Location-

-Special Notes-

-Plot-

-Coolest Moments-

-Reward-

-Notes-

-XP Earned-

-MVP-

-Adventure Title-

-Date-

-Time Started-

-Time Ended-

-Character Level-

-Playing Location-

-Special Notes-

-Plot-

-Coolest Moments-

-Reward-

-Notes-

-XP Earned-

-MVP-

-Adventure Title-

-Date-

-Time Started-

-Time Ended-

-Character Level-

-Playing Location-

-Special Notes-

-Plot-

-Coolest Moments-

-Reward-

-Notes-

-XP Earned-

-MVP-

-Adventure Title-

-Date- -Time Started- -Time Ended-

-Character Level-

-Playing Location-

-Special Notes-

-Plot-

-Coolest Moments-

-Reward-

-Notes-

-XP Earned-

-MVP-

-Adventure Title-

-Date-

-Time Started-

-Time Ended-

-Character Level-

-Playing Location-

-Special Notes-

-Plot-

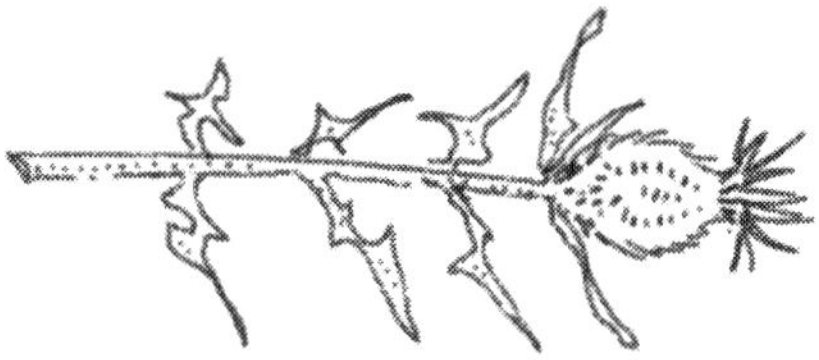

-Coolest Moments-

-Reward-

-Notes-

-XP Earned-

-MVP-

-Adventure Title-

-Date- -Time Started- -Time Ended-

-Character Level-

-Playing Location-

-Special Notes-

-Plot-

-Coolest Moments-

-Reward-

-Notes-

-XP Earned-

-MVP-

-Adventure Title-

-Date- -Time Started- -Time Ended-

-Character Level-

-Playing Location-

-Special Notes-

-Plot-

-Coolest Moments-

-Reward-

-Notes-

-XP Earned-

-MVP-

-Adventure Title-

-Date- -Time Started- -Time Ended-

-Character Level-

-Playing Location-

-Special Notes-

-Plot-

-Coolest Moments-

-Reward-

-Notes-

-XP Earned-

-MVP-

-Adventure Title-

-Date-

-Time Started-

-Time Ended-

-Character Level-

-Playing Location-

-Special Notes-

-Plot-

-Coolest Moments-

-Reward-

-Notes-

-XP Earned-

-MVP-

-Adventure Title-

-Date-

-Time Started-

-Time Ended-

-Character Level-

-Playing Location-

-Special Notes-

-Plot-

-Coolest Moments-

-Reward-

-Notes-

-XP Earned-

-MVP-

-Adventure Title-

-Date-

-Time Started-

-Time Ended-

-Character Level-

-Playing Location-

-Special Notes-

-Plot-

-Coolest Moments-

-Reward-

-Notes-

-XP Earned-

-MVP-

-Adventure Title-

-Date-

-Time Started-

-Time Ended-

-Character Level-

-Playing Location-

-Special Notes-

-Plot-

-Coolest Moments-

-Reward-

-Notes-

-XP Earned-

-MVP-

-Adventure Title-

-Date-

-Time Started-

-Time Ended-

-Character Level-

-Playing Location-

-Special Notes-

-Plot-

-Coolest Moments-

-Reward-

-Notes-

-XP Earned-

-MVP-

-Adventure Title-

-Date-

-Time Started-

-Time Ended-

-Character Level-

-Playing Location-

-Special Notes-

-Plot-

-Coolest Moments-

-Reward-

-Notes-

-XP Earned-

-MVP-

-Adventure Title-

-Date-

-Time Started-

-Time Ended-

-Character Level-

-Playing Location-

-Special Notes-

-Plot-

-Coolest Moments-

-Reward-

-Notes-

-XP Earned-

-MVP-

-Adventure Title-

-Date-

-Time Started-

-Time Ended-

-Character Level-

-Playing Location-

-Special Notes-

-Plot-

-Coolest Moments-

-Reward-

-Notes-

-XP Earned-

-MVP-

-Adventure Title-

-Date-

-Time Started-

-Time Ended-

-Character Level-

-Playing Location-

-Special Notes-

-Plot-

-Coolest Moments-

-Reward-

-Notes-

-XP Earned-

-MVP-

-Adventure Title-

-Date-

-Time Started-

-Time Ended-

-Character Level-

-Playing Location-

-Special Notes-

-Plot-

-Coolest Moments-

-Reward-

-Notes-

-XP Earned-

-MVP-

-Adventure Title-

-Date- | -Time Started- | -Time Ended-

-Character Level-

-Playing Location-

-Special Notes-

-Plot-

-Coolest Moments-

-Reward-

-Notes-

-XP Earned-

-MVP-

-Adventure Title-

-Date- -Time Started- -Time Ended-

-Character Level-

-Playing Location-

-Special Notes-

-Plot-

-Coolest Moments-

-Reward-

-Notes-

-XP Earned-

-MVP-

-Adventure Title-

-Date- | -Time Started- | -Time Ended-

-Character Level-

-Playing Location-

-Special Notes-

-Plot-

-Coolest Moments-

-Reward-

-Notes-

-XP Earned-

-MVP-

-Adventure Title-

-Date-

-Time Started-

-Time Ended-

-Character Level-

-Playing Location-

-Special Notes-

-Plot-

-Coolest Moments-

-Reward-

-Notes-

-XP Earned-

-MVP-

-Adventure Title-

-Date-

-Time Started-

-Time Ended-

-Character Level-

-Playing Location-

-Special Notes-

-Plot-

-Coolest Moments-

-Reward-

-Notes-

-XP Earned-

-MVP-

-Notes-

-Notes-

-Notes-

-Notes-

-Notes-

The End

-Epilogue-

-Player-

-Character-

-Class-

-Ending Level-

-Age-

-Description-

-Epilogue-

-Portrait-

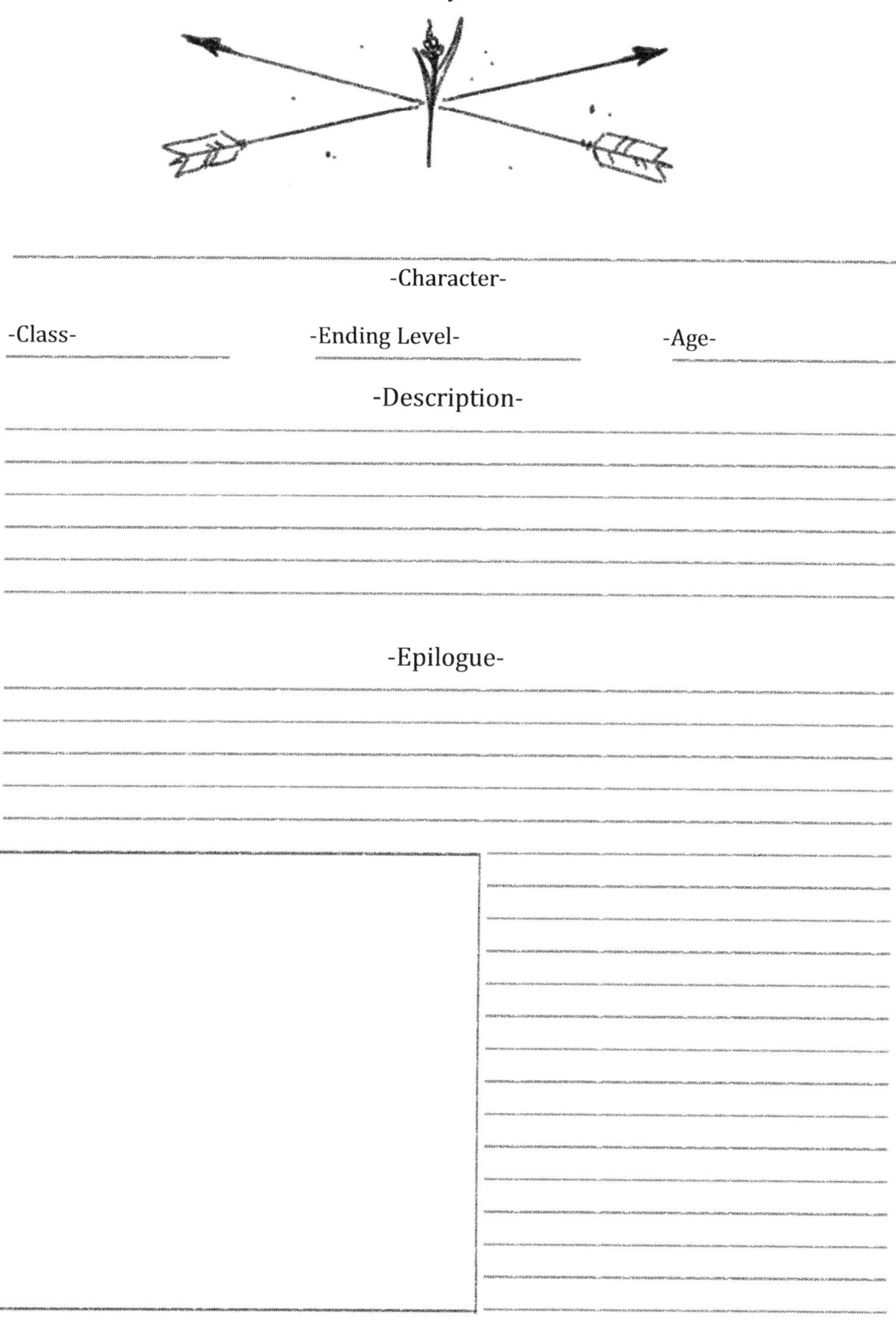
-Player-
-Character-
-Class-
-Ending Level-
-Age-
-Description-
-Epilogue-
-Portrait-

-Player-

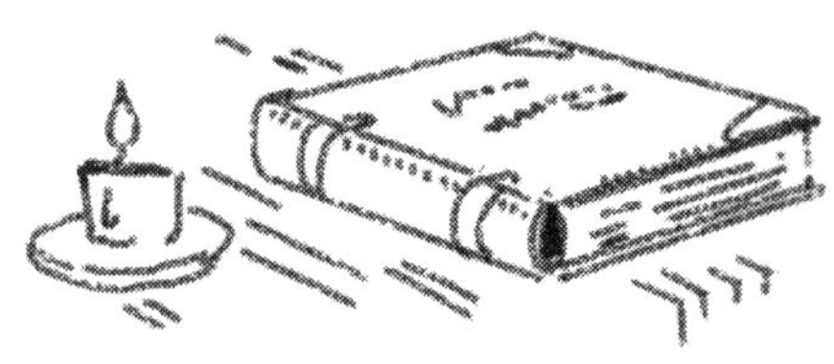

-Character-

-Class- -Ending Level- -Age-

-Description-

-Epilogue-

-Portrait-

-Player-

-Character-

-Class-

-Ending Level-

-Age-

-Description-

-Epilogue-

-Portrait-

-Player-

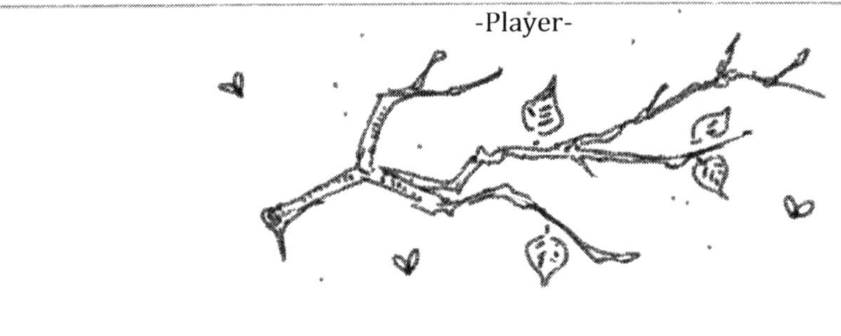

-Character-

-Class- -Ending Level- -Age-

-Description-

-Epilogue-

-Portrait-

-Player-

-Character-

-Class- -Ending Level- -Age-

-Description-

-Epilogue-

-Portrait-

-Player-

-Character-

-Class- -Ending Level- -Age-

-Description-

-Epilogue-

-Portrait-

-Player-

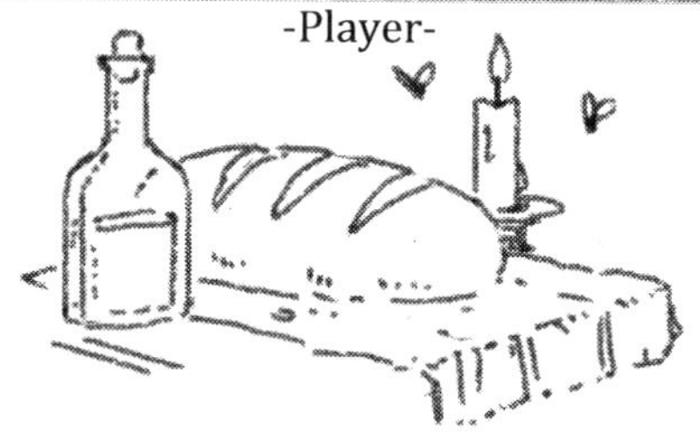

-Character-

-Class-

-Ending Level-

-Age-

-Description-

-Epilogue-

-Portrait-

-Player-

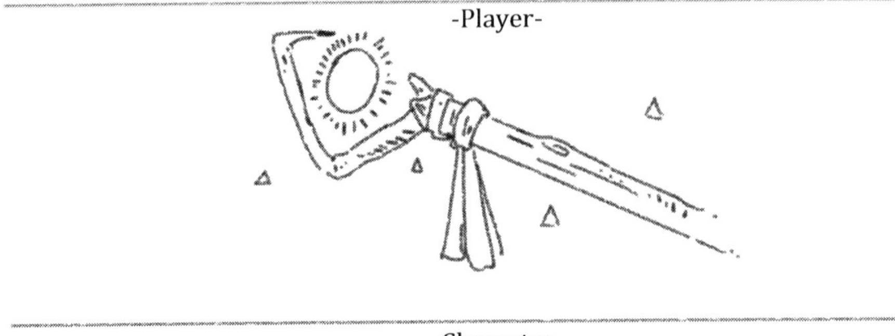

-Character-

-Class- -Ending Level- -Age-

-Description-

-Epilogue-

-Portrait-

-Player-

-Character-

-Class- -Ending Level- -Age-

-Description-

-Epilogue-

-Portrait-

-Date Finished-

-Time Finished-

-DM Signature-

-Player Signatures-

The End

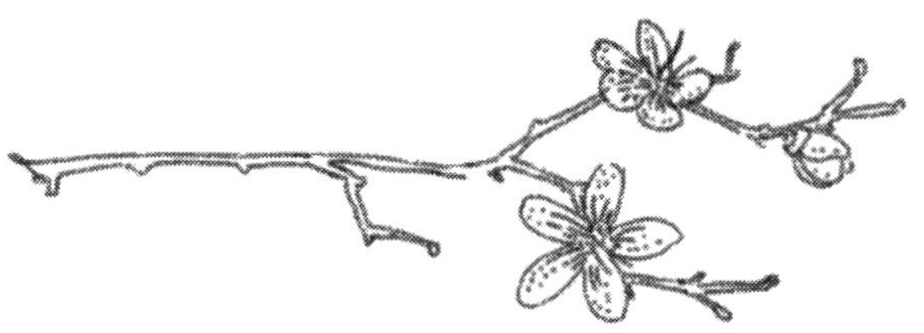

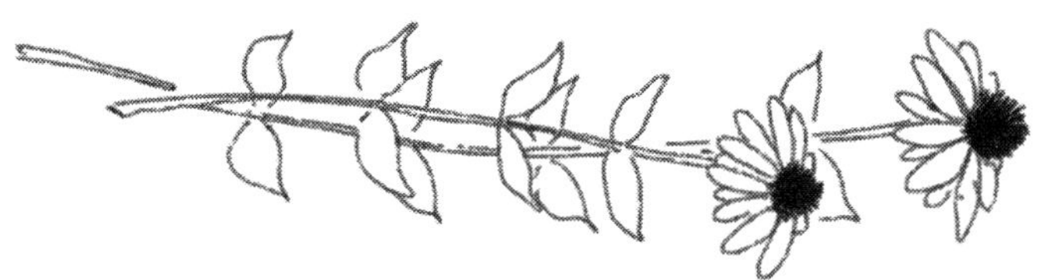

If you enjoyed '*The Adventures Of:*', feel free to check out Madeline's other tabletop gaming books, '*Table Fables: a collection of tables for the weary game master*' and '*Table Fables II: The World-Builder's Handbook*' on Amazon.

If you would like to keep up with our latest projects, visit us at www.madelinehaleart.com.

Thanks for reading, and happy gaming.

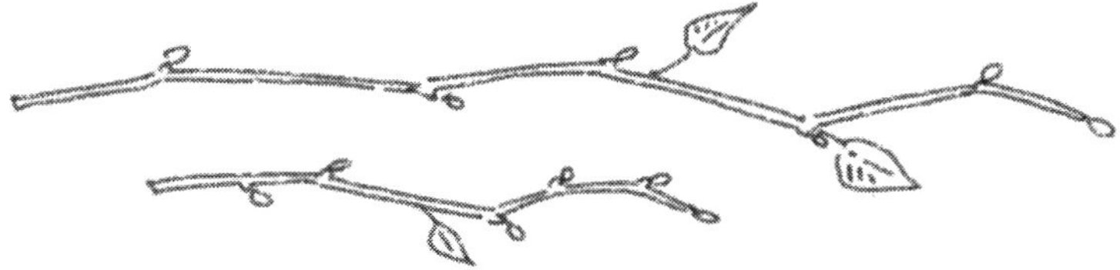

Made in the USA
San Bernardino, CA
05 April 2019